AF509842

REGRETS

SVR LA MORT DE

MADAME SOEVR

vnique du Roy.

LYON,

PAR IEAN POYET.

Iouxte la coppie Imprimee à Chalon.
Par Iean des Preyz.

.1604.

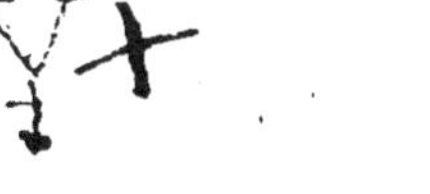
BIBLIOTHEQUE LYON

AV ROY.

IRE,

Ie pensois donner à vostre Majesté quelques vers de l'histoire de ses gestes : Mais le decés de Madame vostre sœur, interrompant mon dessain, m'a contraint de vous offrir ces regrets, où i'adjouste des Stances sur les perfections de vostre Majesté, & sur la naissance de Monseigneur le Dauphin, à fin qu'apres vous estre affligé des regrets de Madame vostre sœur, vous ayez subjet de vous resiouïr de la prediction de Monseigneur vostre fils.

REGRETS SVR
LA MORT DE MADAME,
SOEVR VNIQVE DV ROY.

Ntre tant de souspirs, si mon
    affliction
De ses tristes accens n'impor-
    tune les Poles,
Qu'on ne l'impute pas à peu
d'affection
Les plus grandes douleurs ont le moins de paroles.

Comme d'vn feu de paille allumé promptement
On voit soudain la paille auec la flâme esteinte,
De mesme voyez vous pour vn petit tourment
Cesser en souspirant le mal auec la plainte.

Ou comme du canon l'estonnante rumeur
Se pert aussi soudain que soudain fut son estre,

Ainsi le plus souuent vne grande clameur
Trespasse aussi soudain quelle cõmence à naistre.

Les pauures que l'on voit pleurer les trespassez
Ne deplorent leur mort pour mal qui leur op-
        presse.

Mais pour plaire aux parẽs, ce leur est bien assés
Qu'ils en portent l'habit, & non pas la tristesse.

Et moy à qui ce dueil sera continuel,
Ie ne puis rendre ainsi ma douleur si vulgaire,
Ie veux comme vn vaillãt qui combat en duel
Pour surmõter mõ mal, peu parler & bien faire.

Mais commẽt? surmonter vn torment aßidu,
Que plus ie veux cõbattre & plus à de surprise,
Et qui maistre descrime en son art attendu
Ne feint iamais son coup qu'il ne vienne à la
        prise.

Helas on disoit bien par les siecles passez
Que la fortune aidoit au courage superbe,
Mais depuis quelque iours ie recognois assez
Qu'ils en eurent l'effect, & i'en ay le prouerbe.

Ie ne t'accuse pas, impitoyable mort.

D'affli

D'affliger d'vn tel coup les Princes de Loraine:
Mais i'en accuse bien l'inconstance du sort
Qui leur promit du bien pour les payer de peine
  Auant qu'elle mourut, Iunon, Pallas, Themis,
Apolon & Astree, enuoierent Mercure.
A fin de consoler les Princes ses amis,
Comme il faut tous payer le tribut à nature.
  Quand mercure arriua il ouit ce discours,
Ie legue à Dieu mon ame auec mon esperance,
A la terre mon corps son funebre recours,   (ce.
Des pleurs à la Loraine, & vn dueil à la Frã-
  Ie laisse au Roy mon frere, vn affable amitié,
A la Royne vn respect dõt ie viẽs me demettre.
Ie laisse à mon Beau-pere vne grande pitié,
On doit rẽdre à sa fin toute chose à son maistre.
  Ie laisse à mon espoux pour le temps aduenir
La flamme dont il m'a si feruemment aymée,
Au Cardinal mon frere vn triste souuenir,
,, L'amitié n'est si tost en la tombe enfermee.
  A mon autre Beau-frere vn soudain repẽtir
De n'auoir peu fermer ma funestre paupiere:

A 3

A sa femme ma sœur vn fascheux ressentir,
D'auoir veu les souspirs de mon heure derniere.
   A ma sœur la Princesse vn lamentable Adieu
Voyãt par mes douleurs ma fin toute apparente:
A mes Tantes ie laisse vn solitaire lieu,
Pour plaindre le trespas de leur bonne parente.
   Mercure ne voulant long temps patienter,
Retourne dans le ciel sans entendre le reste:
Außi ne peut-on pas sans tristesse escouter,
Les derniers entretiens d'vne bouche feneste.
   Puis il vient rẽdre cõpte au troupeau immortel
Qui l'auoit enuoyé faire ceste ambassade,
Qu'à peine lon pourroit consoler vn mortel,
De la mort de quelqu'vn qu'il à pleuré malade.
   Iunon qui commandoit au celeste trouppeau,
Voulut auec sa bande elle mesme descendre,,
Elle auoit honoré vn si digne berceau,
Elle voulut encor' faire honneur à sa cendre.
   Cõme elle vient au lieu où le corps gisoit mort,
Elle entẽd des souspirs que chacun faisoit naistre,
Quel remede peut-on apporter à la mort,

On

On cõmence a mourir quãd on commence d'eſtre.

Son Alteſſe conſtante en toute autre douleur,
Supportoit ceſte-cy auec impatience:
Auſſi failloit-il bien en vn ſi grand malheur,
Eſtre ſans paſſion, ou bien ſans patience.

De l'Eſpoux affligé elle n'entend ſinon,   te:
Qu'vne bouche affoiblie & d'ẽnuys & de crain-
Comme on voila les yeux du grand Agamẽnon,
Ie le rendray muet pour mieux dire ſa plainte.

Le Cardinal ſon frere en vn lict detenu,
Ne peut ſouffrir le choc de ſi rudes alarmes,
Et comme vn priſonnier par force retenu.
Pour choſe qu'on luy die il n'appaiſe ſes larmes.

En fin ce n'eſtoit plus qu'vne triſte rumeur,
Des Lorrains, des Frãcois qui furent de ſa ſuitte,
Auez vous pas ouy la dolẽte clameur,   (duitte.
Qu'on fait dans vn vaiſſeau qui n'a plus de cõ-
Iunon veut conſoler tous ces cœurs deſolez,
Mais ſi toſt leur douleur par diſcours ne s'ap-
     paiſe: (ſlez,
Ceſt comme vn Mareſchal qui du vẽt des ſouf-
                                        Eſteint

Esteint souuent sa lampe & allume la braise.

Elle approche du corps, & sa grande splendeur
Qui donnoit à la chambre vne clerté nouuelle,
Tesmoignoit à chacun qu'vne telle grandeur;
Estoit toute celeste, & non pas naturelle.

Elle dit hautement, où est la qualité
Dont i'auois anobly ta premiere naissance,
Qui fit voir à chacun ta liberalité,
Non selon tes desirs, mais selon ta puissance.

Puis que tes yeux ne sont esclairez du Soleil
A reprendre ma pompe il faut que ie m'essaye,
Ou qu'on me rende au moins mõ Royal appareil,
On rend le principal ou la rente se paye.

Ie veux ce dit Palas, qu'on me rende l'esprit
Qui la fit estimer maistresse d'Amalthee,
Des vos plus ieunes ans l'equité vous apprit
Qu'on doit rendre sans force vne chose prestee.

Ie veux ce dit Themis, que l'on me rende aussi
Ceste grande equité dont i'honoray son aage,
Car par vos loix ie puis vous tesmoigner icy
Qu'au plus proche parent retourne l'heritage.

Apres

Apres dit Apollon rendez moy promptemēt,
Ma lyre qui faisoit par tout sa gloire entendre,
Aussi scauez vous bien qu'on rit cōmunement,
Qui tient le bien d'autruy est suieĉt de le rendre.

Par apres dit Astree, enuieuse d'honneurs,
Pour la vertu qu'elle eust ne me soyez pas chiche
Car vous scauez assez que l'on donne aux Sei-
gneurs
Quelque petit present pour en auoir vn riche.

Chacune reprenant le partement plus beau
Qui iadis la combloit et d'hōneur et de gloire,
Elles donnent son corps au funeste tombeau,
Son ame au Createur, son nom à la memoire.

AV ROY.

Ar les heureux succez d'vne bouil-
lante ardeur
Le Roy nous represente en luy seul son
vn grand monde,
L'vn a son feu, son air, et sa terre et son

onde,   (deur,
L'autre valeur, prudence, abondance, & gran-
Par ceux la l'vniuers en son estre demeure,
Et par ceux-cy le Roy tient la France plus seure.

    Le ciel à comme chef son Soleil & sa Lune,
Son esprit comme chef, preuoyance & bon-heur :
De ceux là l'vniuers emprunte son honneur,
De ceux cy le Roy tient son bien & sa fortune :
Ceux là chassent du mōde vne obscure vapeur,
Ceux-cy chassent du Roy et le mal & la peur.

    Le ciel a son Iris peinte en mille couleurs,
Le Roy a son idée en cent couleur depeinte,
De l'vne viēt la pluye, & de l'autre la crainte,
Et d'elles vient le bien, & d'elles les douleurs :
Si bien que nous voyōs en cest âge ou nous sōmes,
Le monde estre regy de mesme que les hommes.

    Pour vos astres grand Prince & constans &
    qui meuuent.
Vous eustes la iustice, et eustes la pitié
L'vne naist du pouuoir, l'autre de l'amitié,
Et toutes deux pour l'homme en vn homme se
                                    treu

treuuent.

L'vne donne la crainte, & l'autre le guerdon,
L'vne n'offre que peine, & l'autre que pardon.

Les aſtres plus conſtants ſont au ciel attachez,
La Iuſtice s'attache à voſtre diadeſme,
A tou-coup la pieté s'eſchappe de vous meſme,
Comme les feux mouuans ſont du ciel decochez,
Voulant côme le ciel tous les hômes contraindre
Tantoſt à vous aymer, & tantoſt à vous crain-
dre.

Les eſclairs meſmement poſtillons de la foudre
Menacent les mortels pour mieux les aſſeurer,
Le tourbillon qui ſemble vn deluge augurer
Pour toute euerſion n'enleue que la poudre,
Et l'hyuer quelquesfois nous couurât de vapeur
Aſſeure noſtre paix au milieu de la peur.

Le feu le plus ſubtil & premier element
Tient au deſſus de l'air ſa retraicle eſleuee,
Et l'air d'humidité tient ſa loge vbreuee
Pour rabattre du feu le bruſlant mouuement:
Et la terre plus bas qui ſert de borne à l'onde,

Parfaict auec ces trois les naiſſances du monde.

La valeur comme vn feu remply de violēce
Aux lieux plus redoutez va cerchant le danger:
La prudence ſe veut en bon ordre renger,
Pour rabatre l'ardeur d'vne prompte vaillāce,
L'abondance qui ſuit la grandeur à coſté,
Parfaict du nom d'humain l'entiere authorité.

Comme le feu au ciel tient le plus noble lieu,
En l'homme la valeur tient le rāg le plus digne:
Comme il eſt eſleué au lieu le plus inſigne,
La valeur vous eſleue au plus proche de Dieu,
Comme il peut eſchanger en feu la maſſe ronde,
Vos valeurs changeront en Frāce tout le monde.

L'air vn peu plus peſant que le feu ſon cōtraire
Alentit ſon ardeur par ſon humidité,
Et la prudence ayant plus de ſolidité,
Affermit la valeur par raiſon neceſſaire:
Dont le monde & la France en ſi nobles effaicts
S'affranchiſſent de trouble, & ſe donne la paix.

La terre formillant de mille fruicts diuers:
Authoriſe l'honneur de chacune Prouince:

L'abon

L'abondance ſouuent authoriſe ſon Prince,
Quãd aux plus meritans ſes threſors ſont ouuers
Dõt leur hõneur s'achete en differentes ſommes,
L'vne au pris de ſes fleurs, l'autre au pris de ſes
    hommes.

Vn nombre de poiſſon deſſous l'eau ſe retire,
Qui luy rendant hommage, y prend ſon alimẽt,
Vous tenez ſous vos bras vn peuple entierement
Que par tant de moyens voſtre grãdeur attire:
Plus l'eau dõne aux poiſſons, plus ſe tiennẽt ſuiets,
Plus donne la grandeur, plus ell' à de ſubiects.

Voyla les elemens & les membres diuers
Qui peuuent à iamais aſſeurer voſtre Empire,
Ce ſont les elemens ſous qui la France aſpire
D'aller perdre ſon nom au nom de l'vniuers,
Où l'on dira ce Roy, qu'autre Roy ne ſeconde,
Ne ſe doit par ſouhait eſtrener que du monde.

SVR

SVR LA NAISSANCE
de Monsieur le Daulphin.

Vand Rome veid esteint le sainct feu de
Vestales
Elle craignoit le ioug d'vne autre nation:
Et nous en nous voyãt sans famille Royal-
Nous redoutons l'effort d'vne sedition. (les

Mais Õ me s'asseura quand vne fille saincte
Luy peut ce feu sacré du soleil raporter,
Et nostre peur cessa quand vne Royne enceinte
Nous a peu ce Daulphin d'vn tel Prince enfanter.

Il failloit aux Troyens limage de Minerue
Pour n'estre par les Grecs en armes desconfits,
Affin que des François le sceptre se conserue
Il leur failloit auoir à la France vn tel fils.

Iamais en la Tempeste vn vesseau ne s'asseure,
Qu'vn Sainct Elme ne vienne en promettre la fin,
La pauure France aussi ne pouuoit estre scure
Qu'elle ne vit chez elle arriuer ce Daulphin.

Au iour que dans les eaux quelque Daulphin prend
estre
La Baleine est charmee en voyant sa beauté,
Ainsi quand ce Daulphin en la France vient naistre.

Le plus

Le plus seditieux en demeure enchanté.

Et les Iuif rebellez aux Romains se soubmettent
En voyant sur le soir le Soleil reuenir:
Ainsi de leurs desseins les mutins se demettent
En voyant ce grand Rôy au Daulphin raieunir.

Iupiter sceut par force auoir son Diadéme,
Et tint par sa bonté son peuple en amitié,
Et le Daulphin ayant ceste planette mesme,
Sera vaincœur de force, & vaincu de pitié.

Il faut bien que le Turc face estat de se rendre,
Sans qu'il cherche iamais en plus autre dessein,
Et comme Bucefal voyant cest Alexandre,
De ses mains seulement il accepte le frein.

Et ces vers, mes enfans, font offices d'oracles,
Comme il doit vaincre vn iour l'infidelle mutin:
Et comme fit Cyrus surmontant ses obstacles,
Il doit par ses effects accomplir son destin.

www.ingramcontent.com/pod-product-compliance
Lightning Source LLC
LaVergne TN
LVHW021608170726
843501LV00010B/3924

9 782329 627083